KB177396

나비의 방

국립중앙도서관 출판예정도서목록(CIP)

나비의 방 : 엄재국 시집 / 지은이: 엄재국. -- 대전 : 지혜, 2016
p. ; cm. -- (J.H. classic ; 007)

ISBN 979-11-5728-194-7 03810 : ₩10000

한국 현대시[韓國現代詩]

811.7-KDC6
895.715-DDC23 CIP2016015800

J.H CLASSIC 007

나비의 방

엄재국

지혜

시인의 말

몸속에 뼈가 있다는 말을 들은 적 있다
곡기 끊고 생각 끊고
살 속을 헤집어 보니
뼈가 없어
돌아 앉아 생살을 깁다

2016년 여름
엄재국

차례

2부

3부

4부

• 일러두기
한 연이 첫 번째 행에서 시작될 때는 > 로 표시합니다.

1부

돌을 바라보는 법

돌에는 목차가 있다
그래서 돌은 편편하다
속이 둥글다
행간이 뾰죽하다
읽는 소리가 야물다
어떤 때는
바람과 구름과 새똥이 가득해서
읽을 수가 없다
그 많은 문장들을 누가 다 지웠을까
날개를 접었다 펼치면
푸드득 물결치듯
내용이 떨어지기도 한다 가끔은
다 읽지도 못하고 사라진 자의
뒷모습이 읽혀지기도 한다
밤에도 글을 읽는 물고기의 눈동자들
그래서 돌은 눈을 감지 않는다
달처럼 큰 책은
읽어 내기 여간 어려운 게 아니다
서러운 내용에
눈물 글썽이는 구름이 있어

지상은 재미있다

나무들도 키득키득 달을 잡고 웃는다

물새들이 촛불 켜고

이불 뒤집어쓰며 물의 행간을 읽는다

어려운 대목이 없어

쉽게 읽혀지는 돌멩이

행간 가득 깊은 수심을

발톱과 부리로 읽고 또 읽어

겉장이 너덜한 돌멩이

손가락 침 바르지 않아도

물결 따라

철벅철벅 잘도 넘겨지는 돌멩이

강가에서

강가에 나가
아무거나
둥근 돌 각진 돌
문 열고 들어서면
다리 접고 머리 접고
몸 밀어 넣으면
둥글거나 각진 돌
아무거나 몸 맞다
알맞다

강가에 나가
아무데나
물결 열고 수심 열고
몸 열어
강 따라
먼 곳 모래 열면
작거나 크거나
아무데나 마음 맞다
꼭 맞다

버드나무길

목련 떨어지는 날은 바람이 비리다

햇살의 양수가 터져

죽은 새끼 낳은 소의 눈동자 같은 하늘이다

버드나무가 속눈썹 붙이고 봄길 간다

손끝 매운 바람이 치마를 들추는 강변

낭창거리는 몸놀림이 초행인가?

아무튼, 화냥년

가서 돌아오지 말아라

그 뒤를 밟아 내가 간다

나비의 방

이 작은 집에 들어가려면 열쇠가 있어야 한다

금고 속에 들어 있는 반지며 진주 빛 목걸이
본 적 없는 둥근 열매의 팔찌를 훔치려면
캐비닛의 비밀 번호를 알아야 한다

나비는
날개와 날개 사이의 촘촘한 눈금들을 접었다 폈다
낯선 번호의 가시를 헤치고 꽃잎을 연다

다이얼이 돈다 문이 열린다 와르르 쏟아지는,
도대체 둥근 빛깔의 보석들

일시에, 눈앞 캄캄하므로
나풀나풀 나비는, 환한 대낮에 등불을 켜는 것이다

그가 다녀간 자리
부서지고 달아난 문짝들 수북한데,

이슥한 봄날,

꾹꾹 눌러 펴 담은 향기를 등에 지고

비틀비틀,
산등성일 오르는 나비의 뒤를 밟은 적 있다

나팔꽃 승강장

노선버스가 떠나듯 봄은 갔다

나는 봄 앞에서 손을 든 적 없어

여름의 승강장을 기어오르는 나팔꽃
가방 메고 모자 쓰고

태양이 오후의 나팔을 힘차게 불고 있다

봄이 떠난 자리에
노선에도 없는 버스 한 대 내 앞에 섰다

탈까 말까 망설이다
저 꽃잎에 훌쩍 올려놓은 발은 어디에 닿을까

신지 않은 몸이 문득 아득하다

승강장 지붕 위, 구름 방면
전신주 비스듬한 지지줄을 타고 버스는 떠난다

오라잇, 뿜빠뿜빠
푸른 창문 비포장도로 보랏빛 타이어

승객도 안내양도 타지 않고 또 기다리는

개문발차, 아슬한 나팔 나라

달

저 티켓 한 장이면 태양의 주위를 돌아
안드로메다 호텔에 일박 후
별빛 아슬한 은하의 계곡을 질주하는 패키지 관광을 즐길 수 있지

물론,
추석 설 명절엔
특급은 말고, 가다서다 서다가는 완행의 고향 길

기착지도 도착지도 내 마음대로 적은 후
미루나무 뒤 개찰구를 몰래 빠져나와
부모님껜 차창 밖으로 손 흔들듯 인사를 하고
아직도 거기 있을라나 몰라, 옛 순이의 울타리를 기웃거리다가

헤라클레스 떠꺼머리총각과
카시오페아 아가씨의 눈빛이 번쩍 유성으로 빛나는 직녀성 꼭지점 돌아
아직도 귀성 못한 행성들,
그래도 힘차게 돌아라 등 떠밀어주고

도심 어느 하늘아래 아파트 숲속 놀이터

마젤란성운과 말머리성운을 흔들거리며 노는 아이 옆
구름의 흰 와이셔츠 주머니 속에서 슬며시 꺼내보는
아직도 반환하지 않은 오래된 티켓 한 장

여러 번째 오는 봄

천년을 꿈쩍 않던 바위, 그 눌변의 혓바닥에 침 고인다

누가 나비를 구겨 찔레덤불 위에 던지는가
대숲을 빠져 나온 바람이 복숭아 밭 언덕에서 피를 토하게 하는가

전선도 없이 철로도 없이
손가락 몇 뭉텅 떨어지는 나병의 세월을 속절없이 몰고 오는,
나는 저 햇살이 불쾌하다

저기 밝음 속에 막무가내 몸 쑤셔 박는 싹들, 혼절하는 꽃잎들,
땅 속에서 지상을 열어보는 무수한 열쇠들,

나는 지금 봄의 산비탈에 어머니를 밀어 넣어 땅 속을 열어 보고 있다

죽은 나무는 봄비를 비석처럼 새우고
우 우 우, 서로의 葬地로 몰려가는, 아! 모든 살아나는 것들

장미에 앉은 나비

붉은 호수에 책 한 권 빠뜨렸다

나는 저 책을 집어 들 수 없어
느리게 몸 벙그는 호수의 물결이 꼭 꿈속 같아

누가 내 꿈속에 책 한 권 넣어 준 것 같아

잠이 피워 올린 꽃, 그 꿈결에 날아든
나비를 가만히 펼치려 들면
바람도 없는데 나풀나풀 책장은 혼자서 읽혀진다

단 한 번의 꿈으로

날개 가득 출렁대는 수심을 밤새워 읽고
수백 년이 흐른 아침
홀로 눈 비비면 장님이 된다 해도
호수 깊은 곳에 앉아 있는 꽃의 내용을 덮을 수 없어

어느 못된 꿈속을 다녀왔는지
펼치던 파문을 느리게 접고 있는

>

누가 저 책을 다시 읽을 것인가

먼지 펄펄 날리는 겉장을 나는
침 발라 넘길 수 없어

카드 아버지

아버지는 신용카드를 한 번도 쓰시질 않았다
자동차 면허증도 없고 주민증도 없었다
네모난 방, 네모난 이불, 네모난 밥상, 화투장을 만지다
지새운 아버지, 신용 있던 밤은 달도 네모났었지

사각의 병원 사각의 침대에서 각진 숨을 몰아쉬던 아버지

다리 굽은 아버지
관 속에 들어가시려 하질 않았다
이젠 들어가셔야지요
내가 억지로 다릴 펴고 관 속에 밀어넣은 아버지

사각의 구덩일 파놓고

아버지
카드 한 번 써보시죠. 오냐 그래
온몸으로 긁는 카드
내 몸속에 스윽 밀어넣는 아버지

캄캄하게 눈 감듯 흙 덮이고,

잔고 없……, 거래정……, 마그네틱 선 따라 비 내리는 아버지

아이고 아이고,
삐… 삐… 삐…,

어디선가 고장난 카드 단말기 소리

만개한 자동차

쇠들이 꽃을 활짝 피웠다

억만년 땅속의 구근, 뿌리로 살던
다알리아 튜울립, 모란 작약 앵화 안개꽃
복사꽃 살구꽃, 조팝 이팝 싸리꽃
쑥부쟁이 구절초가 시동을 걸었다

능소화 비행기 수련 배 뒤로 하고
목련꽃차 타고 하늘로 난 봄 따라
길 떠나는 가족들
앉은뱅이 민들레타고 뒤따르는 사람들

차창 밖 땅 속 깊은 바람 소리
휘발유 향기 꽃잎에 앉을 수 없어
잉잉대는 벌 나비 날개 소리

저기 톨게이트 가지 위에
오복오복 피어나는 꽃잎들 무리 떠나
쉬었다 가요 봄 휴게소
더 갈테요 여름 주유소 지나

>

일가족이 타고 가다
꽃잎 화르르 부서지는
경부고속도로 상행선

피우지 않았다면, 지워질 꽃술 없는
지상의 명승지를 지나
씽씽
구름 위를 달려가는 꽃잎들

낙화

꽃잎에 앉았다 날아가는 나비는 원래 꽃잎이었다

몸속,
치밀어 오르는 꽃잎의 떨림이 꽃송이를 뛰쳐나온 것이다

벽의 열망이 창문을 내 걸듯

한 발짝도 들일 수 없는 독방에서
빛깔의 벽에 구멍을 뚫고
향기의 창살을 휘어 겹겹의 높은 담장을 뛰어 넘은 것이다

한때
훨훨,
감옥과 감옥 사이를 배회하는 저 탈옥자를 찾으러 다닌 적 있다

권총도 몽둥이도 없이 맨손으로 잡은 내 손엔 철컥, 수갑이 채워진 것이다

한없이 가벼운 자유를 손에 쥐고 나는 무엇을 잃었는지

>

나는 어떤 높은 곳을 꿈꾸지도 말하지도 못했다 아무것도 할 수 없었던 나는 성곽 같은 꽃잎의 한가운데 무릎을 꿇고 이 둥근 가시의 탈옥자에 질질 끌려 다녔다 한 시절 봄은 가고 저녁이 되어서야 찌그러진 수갑을 겨우 풀어 놓으며 그저, 손에 묻은 먼지나 툭툭 털어보는 것이다

꽃 지는 법을 나는 너무 일찍 배웠다

호숫가에서

눈 속에 고여 있는 물의 끙끙 앓는 소리를 들을 수가 없다

돌멩이 하나 던져
물결 껌벅이는 눈동자를 터뜨린다 해도

얼굴 출렁이는 손바닥 지문이 씹기엔 너무 버거운 물결이다
징징, 징소리 울리며 시작했던 삶을 여기 다시 흘릴 수가 없다

몇 만 년 파문의 세월이 말라, 갈라터진 등짝을 보여준다 해도
몸 보다 더 깊은 눈동자를 읽을 수가 없다

죽은 물고기가 수면위에 눈꼽처럼 끼는 밤

누가 물속에서 더욱 독 오른
씻지 못할 과오의 별들 좀 달래 봐

어이, 거기 말고 나

뼈 밖을 출렁이는 불어터진 살집 좀 치워줘.

이빨론

키스는,
둥근 입술이 만들어 내는 변별력 중 가장 뜨겁다
그렇지만
이빨과 입술 사이의 균열은 어떻게 할 것인가

그 틈은
지그시 감은 눈빛이 더듬거리며 찾아 가는 길이다

사랑은 피부를 타고 들려주는 미세한 진동이므로
물결에 북받치는 시냇물의 막을 수없는 노래이므로

입술은 제 몸 넓혀가다 부서지는 꽃잎처럼 주름을 세운다
덩달아 지피는 혓바닥에 온몸을 태운다

다행이지 않은가

이빨이 없었다면,
연인들은 서로가 서로에 빨려 들어 흔적도 남지 않을 것이다

그래서 나는, 매일

내 영혼의 잇몸에 칫솔질 한다

수천 년 뒤에도 연인을 연인이게 하는 저 빛나는 이빨을 위해

물방울

내가 열두 번도 더 구름이 된 적 있다는 걸 나는 모른다

봄날 떡잎 밀어 올리는 대궁 속에서 안간힘을 썼다는 걸

내 피는 다 어디로 갔을까

증발해 버린
눈과 귀, 감촉들이
구름을 내 몸 가운데로 구겨 넣는다

몸의 기관들이 따로 다 흩어졌으므로,
누가 내 정수리에 빨대를 박아
내용물을 쪽 빨아 먹고 버린다 해도 나는 모르는 일

독사의 이빨이 한 방울로 빛나도
산자가 죽은 자에게 무릎 꿇는 힘으로 땅을 세워도

나는 바닥을 기어가다 눌어붙은 벌레였다가
폐지에 한 번 더 주름을 세우는 황혼의 늙은이가 될 것이다

천지간에 터지는 물방울의 껍질이 쭈글쭈글하다

2부

연등, 연등

아이의 손을 잡고 절간에 갔었지요

요사채와 대웅전 사이

팽팽하게 걸려 있는 줄, 줄, 줄들.

10년 전 그날, 무작정 어머니를 죽였지요
됐다, 그래 됐다 하셨지요

다시 한 삼년도 더 된 그날, 이번엔 아버지를 죽였지요
됐다, 이젠 됐다 하셨지요

그러지 않고 이 땅에 온 자 아무도 없다 하시던

오늘은,

가혹한

사월 초파일.

>

꽉 잡은 손, 아이와 나 사이,

걸어 놓은 꽃의 대가리가 저리도 환하네요

태양초

나 지금 고추 말리러 간다

태양의 하초에 마음껏 몸 들이대는 매춘의 들판을 지나

한방울 마지막 정액을 털 듯 떨어지는 흰 고추꽃의 슬픈 절정을 지나

한 세월 다리 벌리고 있는 골골의 밭이랑 속 벌겋게 일어선 몸

사타구니 사이로 손 쑥 넣어 고추 뚝뚝 따내는 오후의 한때를 지나

하늘의 봉지 속에서 이글거리는 태양의 빨대에 흠씬 빨려

야윌대로 야윈 몸, 바싹 말라비틀어진 제 안의 씨앗들

사정 못한 정충들 가득히 달그락거리는 소리를 지나

음습한 교접의 후예, 밭고랑에 떨어져 저 혼자 물러터진 고추의 추억 속

>

나 지금, 태양아래 몸 말리지 못하면 제값 받지 못하는

세면발이 가득한 자본의 사타구니 덜컹거리는 고추 말리러 간다

매미

혓바닥에 써 놓은 말을 털어 집을 짓는 이 있다

짓는 동안 절대 무너지지 않는
소리의 기둥
소리의 서까래,
지으면서 단단해 지는 소리의 벽돌들
마당에 한 트럭씩 쏟아 붓는 소리의 철근들

나는 여름 한 철 저 집 속을 들어가 본 적 있다
겹겹이 쌓여진 푸른 담장을 넘어
굳게 잠겨진 열두 대문 열어 본 적 있다

둥글고 깊은 호수, 금빛 물고기 같은
황금비늘 바람에 번쩍이는 수천 칸 기와집,
반질반질하게 걸레질한 마루 위에 누워
태연하게 제 귓속의 생을 털어 내고 있는 사람,

누가 耳鳴만으로 세운 집에
한 생애를 온전히 기거한단 말인가
소리의 진원지를 스스로 지워가며 한 세상 일으킨단 말인가

말의 껍질로 밥을 지어
저녁 급히 먹는 소리 달그락거리던 사람

평생을 공들여 지은 집에 며칠 묵어가는.

점등

호박꽃 활짝 열린 콘센트에

벌이 플러그를 꽂는 순간

온 세상 환합니다

넝쿨넝쿨 잎사귀

푸르게 푸르게 밝습니다

겨울, 봄, 여름…… 점멸하는 거리

울타리 세워 담장 세워

저 멀리 가을까지 닿은 전선에

늙은 호박 골골이 환합니다

가을에

쪼그려 앉은 하늘 꽃밭

양지 바른 수술실 적출해내는 장기

염통 간 콩팥 향기 핏기 도는 땅거죽

그림자 스며들어 몸 펴지는 정신

어디에 이식했나 사라진 칸나 장미

한 번 더 번득이는 햇살의 나이프

누구에게 이식할까 코스모스 백일홍

가을비 천둥소리 때늦은 수술실

응고된 피 꺾여 진 맨드라미 목덜미

돌멩이 하나 꽃잎 하나 서 있는 나 하나

>

서로의 눈빛이어 서늘한 실핏줄

시간의 힘줄 뽑아 공중을 꿰매는 거미

살아 움직이는 상처 딱지

낙엽 공중 붉은 웃음

단풍 같은

가을에는
나를 곁눈질하는 풍경을 만난다

단풍색의 뒤쪽에서
꽁지 팔랑거리는 햇살 뒤적이는 사람들

늦은 오후
관광버스 기사 둘이 삿대질을 하더니
종 주먹질을 한다

개 같은
단풍 같은
개 같은
단풍 같은

서로의 멱살을 잡고 있는
목덜미에
개가 모여들고 사람이 모여 들고

지나가던 나도

울긋불긋

단풍 같은
개 같은
단풍 같은
개 같은

나는 지금도 지갑에 꽃잎 몇 장 넣어 다닌다

돈 없이 연애하던 시절
꽃잎 몇 장 지갑에 넣어 다녔지
밥 먹고 삼겹살 소줏잔에
그래도 얼굴 붉어지데
지갑 열어 꽃잎 세는 사이
애인이 돈을 내데
지갑 속에 꽃잎은 쌓이고
철철이 시든 꽃잎 몇 장 갈아 끼는 사이
연애도 단풍들어 젊음이 쉽데

지금 지갑에 지폐 몇 장 들어있어
꽃빛은 마르고 세월만 두툼하네
그대여 옛날 애인이여
우물을 들여다보듯 나직이
지갑 속을 불러보면
그때의 향기가 물처럼 출렁이네
꽃 필 때면 누군가
나를 세상에 조용히 꺼내 놓는 것만 같아.

병 깊은 곳에 꽃은 피네

몇 개 별을 넣어둔 하늘은
어두워도 밝듯
내 지갑 속에는 아직도
추억을 지불할 만한
꽃잎 몇 장 들어 있어

책

이 나비는 날개가 여러 장이다
검은 줄무늬의 부챗살을 접었다 폈다
오래도록
마르지 않아 축축한
옛사람의 발자국을 부치고 있다

어떤 이는 조롱속의 새라 하기도 하여
흙으로 주둥이를 만들고
감씨를 쪼개어 날개를 만들어 세상 속으로 날려 보내기도 하지만
거기에도 여전히 부채는 들어있다

또 어떤 이는 칼을 들고 문장의 눈을 뽑고 입을 찢고
행간속의 뼈와 살을 가르듯 바르지만
여전히 칼은 닳지 않고
광주리에 담기는 건 칼자국뿐이라 했다

그들은
끝없이 펼쳐진 레일 위를 눈 침침한 기차를 타고 달리기도 하고
깊이를 알 수 없는 사다릴 타고 높이 오르지만
동트는 새벽이면 하늘의 솟아오르는 호수에 두 눈을 씻고

다시 간이역을 출발하기도 한다

이 나비는 여전히 날개가 여러 장이다
검은 줄무늬의 문장을 접었다 폈다
오래도록 마르지 않은 행간의 이끼 낀 우물 속
옛 사람의 발자국을 길어 올리고 있다

수평선

바다는 스스로 결승점에 닿는다

팽팽한 직진 앞에 발들이 숨을 멎는다

이제 다 왔다고
아직 멀었다고

넘을 수 없는 철조망, 저 푸른 하늘을
발바닥이 건너다 구름이 다 일그러졌다

수평선 위 무성하게 자란 나무들
그 아래 유유히 헤엄치는 뿌리들
어떤 숲이 이렇게 아득히 깊어지는지

바다 속 숲은 늘 육지 쪽으로 부푼다
먼곳을 달리다
멍든 쪽으로 몸 흔들리는 이파리들
나는 바닷가에서 수평의 숲을 달린다

파도가 반환점에서 거품을 물고 혼절하듯

기진하는 생각들, 푸르게 타오르는 수심들,
결승점을 등에 지고 참 오래도 달렸다

팽팽함이 무성한 숲에서
먼 곳 배가 죽고 어부들이 죽고 고기들이 죽고
쓰러지고 다한 것들의 뿌리가
완곡하게 부푸는, 주검들의 힘
이토록 두툼한 봉분은 처음이다

몸을 감는 바람은 질긴 올가미다

높낮이 치밀한 숲들
끝없이 물러서는 완강한 절정
누군가 목을 매면 말리지 않겠다

얼굴 밖의 웃음

수면에 던진 돌멩이의 파문처럼
얼굴 가득 번어나는
이 웃음

두 눈의 입과
입술의 눈이 만들어내는 둥근 주름 속에서 만나는 것들
들은 것과 들려 준 것
본 것들과 보여 진 것들은 몸 어디에서 곤죽이 될까

나는 그를 만난 적 있다. 아무 표정 없이 웃어야 했던
어둑한 얼굴의 저녁
저 주름의 반대쪽으로 정연하게 파고들던 주름의 뿌리들
나를 나와 가장 먼곳으로 조금씩 옮기는 이력들
나를 먼곳으로 뒤집어 놓는 내 얼굴들

그래서
모든 웃음은 내 얼굴 밖으로 뛰쳐나갔던 양들의 발자국
울타리로 되돌아오는 표정을 다독거려 새롭게
나를 나 밖으로 버리고 오는 일
내가 알 수 없는 곳에 내 얼굴의 뒷면을 풀어놓고 오는 일

>

그러므로 나는 얼굴로 웃을 수가 없다 웃지 않겠다
발톱도 웃지 않겠다
내가 내 몸 밖을 너무 멀리 달려가
나를 되돌아 볼 수 없다는 걸 즐기겠다
어찌할 수 없는 것을 아는
웃음은
얼굴 속에 내가 조용히 가라앉고 있는 나를 아주 숨기는 것.

뿌리 깊은 종이

얼굴이 거의 다 부서져 가는 사람이 몸을 가만가만 옮기고 있다

발바닥에서부터 허리를 거쳐 이마까지 올라간 주름을 추스르면서

폐지 상자 몇 개를 접어 작은 수레에 싣고 얼굴이 흘러내릴까
저는 다리를 조용히 끌고 있다

한 번 접혀진 자국은 지울 수 없다는 것을,
그가 묶고 있는 폐지의 몸에 적혀있다

얼마나 어려운 일인가
누군가 해놓은 낙서 위에 자신의 일생을 옮겨 적는다는 것은
땅위에 기록한
자신의 발걸음을 꼭꼭 접어 수레에 얹기란.

손등을 친친 감아 오르다 폐지에 스며드는 주름들,
꺾어간 옥수수 빈 대궁을 받들고 있는 뿌리처럼
몸 거죽에 뿌리내려 몸을 지탱하고 있다

단정하게 접어 올린 상자들

사과를, 구두를, 라면을 담았을 한때가
몇 줄의 주름으로 요연한데

힐끗 쳐다보는
핏발이 살 속을 삐져나와 눈동자를 붉게 묶고 있다

꽃병 속의 장미

내 감각의 다발이 꽃이라면
가시는 어디쯤에 돋을 것인가

두 눈과 귀 코 입을 묶어
내 얼굴에 꽂아 나는 내가 된다
내 피부는 꽃병 가득 물처럼 출렁인다

한 번도 몸을 떠난 적 없는 나는
가시를 깊이 심어
내 주위를 온몸에 두른 것이다

생각의 빛깔이 부풀거나
향기가 가시를 세우는 건
내 몸 벌어지는 힘이
내 생을 내 몸 만큼 옥죄기 때문이다

소리는 귀를 담고
냄새는 코를 키운다
내 눈꺼풀이 내 눈을 지워, 지겨워
말은 입을 닫는 힘이다

>

얼굴에 심은 꽃을
뽑아 버리지 않는 건 오래된 내 습성이다

내 몸속의 열망이 밀어낸
코와 눈과 입과 귀,
나인 듯한 나 아닌 것들이
내 얼굴 속에 미세한 돌기로 뿌리 내려 나는 내가 된다

벼랑 끝에서도 살아나지 못하는 내 감각들
언젠가는 병이 썩을 것이다

계단에 대하여

계단은 살아 있는 것들을 오른다
오르는 것은 살아 있음의 말이다
건물들이 살아 있음을 품속에 키우는 것
다 계단의 일이다

계단은 덩굴손이다 편편하게 각진 손.
사람들은 계단을 오르며
자신의 발자국이 떡잎으로 돋는다는 걸 믿는다
그래서 건물들은
음계에서 음표가 자라듯 자꾸 높은 음으로 말한다

강의 물결은
제 몸의 계단을 올라서서 바다에 닿는다
아니,
높이높이 솟는 것이어서 긴 여운의 말에 닿는다
그 입은 헐어서 발을 담글 수도 없다

뚝 떨어지는 꽃잎 한 장으로 구름의 계단은 완성된다
제 몸 거죽을 딛고 중심을 내려서다 이윽고 오른다
씨앗들은 움켜쥐고 있던 계단을 강물처럼 풀어 자기가 오른다

제 자리로 돌아온다
그래서 모든 잎들은 깊다

휘청거리는 말은 한순간 볼만하다 오를만하다
마음을 차곡차곡 정리할 때는
누구나 몸 위에서 한 칸 내려서는 계단

구겨진 점들

계단은 주름의 자식이다
주름은 높이의 씨앗이어서
계단을 오르는 것은 점들뿐이다

점과 점의 가장 먼 거리는 선이므로
내가 점과 점 사이를 뒤집었으므로
그 선을 밀가루 반죽처럼 밀었기 때문이다
면을 구부리면 형체가 된다
그것은 모든 높이가 되는 유일한 형식이다

점들은 주름진 높이의 무게를 모른다
어떤 비중 있는 높이가
나의 삶을 좌우한다는 것을 알 수 없다

어떤 높이는 두꺼운 그림자인지도 모른다
그것은 높이의 정지화면이 각져 있기 때문일 것이다
점의 밀도가 멀어져 원이 된 때문이다
점은 각진 원이 부풀어 오르는 힘이므로

내게 존재하는 모든 사물은 점의 뒤집기다

높이가 없었다면
나는 매우 달콤한 거리를 알 수 없었을 것이다
그래서 모든 사물엔 그늘이 있다
선의 이면처럼 배면처럼
배경으로 서 있을 것이다

점은 선의 어미이고 자식이고 만물의 내용물이란 걸
씨앗들이 말한다
계단은 그늘을 몸 안쪽으로 접고 다져 넣은
그늘의 덩어리다
높이가 품고 있는 주름진 온도처럼

씨앗 하나가 계단을 오르고 있다
한 생의 전부가 높낮이 사이가 아니란 걸 알므로
선을 밀어 올려 그늘을 키우고 있다
높이가 기른 자식들은 어미를 모른다
사물은 그늘에 돋은 가시란 걸 모르므로
통통하게 살찐 면들이 그늘을 꺼내 놓고 있다

내 몸과 나 사이, 처음부터 뒤집혀 있던

점과 점 사이 욕망과 욕망 사이를
나는 계단 접어서 펼치고 있다

꺾여져 기어오르는 점들
혈관처럼 돋는 계단 위 발자국들
나는 계단 위에서 얼마나 쓰디 쓴 점이 되는가
얼마나 나를 구겨야 점이 되는가

점을 벗어나지 못하는 선 하나
그늘을 구겨, 접어 넣은 씨앗 하나
점을 키우다 구겨진 높이 하나
계단 사이에 버려져 있다

평평한 계단

이빨과 입술과 잇몸이
하나의 혓바닥으로 되어 있어서
내 몸은 나를 딛고 오른다
걸음이 일으키는 이빨의 풍금 소리가
발바닥에서부터 머릿속으로 터지므로
나는 자란다 몸속의 공중이 한 뼘씩 커지므로
내 몸과 몸 사이에 새들이 자란다
새들은 땅 끝에서 발톱을 세운다
날개 속에 계단을 감추지만
발자국 소리가 날개 짓을 밀어 올려
일상을 견딜 수 있는 것이다
각진 구석과 모서리가 한층 더
높은 곳으로 오르는 것이다
각과 각이 만들어 내는 무수한 평면들
하늘의 높낮이도 그곳의 일이다
새들은 여전히 게으름을 일삼듯 날개를 끼적이지만
몇 칸 하늘이 층계를 내려서서 지상을 만드는 것도
그들의 일이다
계단은 늘 그렇게 새들의 품속에서 자란다
높이를 읽어 내는 방식이 각져 있다는 걸

가장 낮으면서
가장 먼 곳이 내가 서있는 지점이란 걸
새들의 날개 속 계단 입구에 서면 보인다
몸을 등에 지고 서성이는 평면의 각들,
높고 깊은 곳에서 나를 정면으로 바라볼 수 있어
내 발바닥은 높이에 대해
흔적도 없이 기름지다
아득하게 등지고 있는
발바닥과 혓바닥 사이의 각진 말
사실 난 내 몸에서 없는 곳을 걷고서야
나에 관한 모든 것이 평면의 일인 줄 알았다
새들과 나 사이에는
누군지도 모르는 노래를 부르고
한생을 귀 기울이는 건반이 있다

혀

너의 침묵이 내 귓바퀴를 얇게 한다
귀때기 서늘함이 정수리를 차오르면 뼈 마른 뱀 한 마리 공중으로 치솟을 것 같다

살만 남은 나는 허물만으로 땅이 가득 하다

너는 하이힐을 신고 내 척추를 오르고 있다
꼬리뼈를 딛고
목덜미를 찍는다
적막의 뒷굽이,
고요의 뒷굽에, 마지막 깊게 찍힌 곳이 내 입술이다

살아있는 동안 내 몸을 다 건널 수 있을까 작은 노 하나로 흐르는 입술을 거스를 수 있을까
너는 내 생의 용솟음치는 수원지 나는 거기서 번지는 물결무늬 주름을 한 방울의 침 한 척의 배로 건널 뿐

뼈 없는 그녀가,
내 입술 열두 바퀴 말 달려 온다
아흐,

뒷굽이 하이힐 또각또각

경쾌한 통증을 감각하는
입술 밖의 너는 죽어도 붉다

한 번도 저문 적 없는
내 입속의 백야를 너의 침묵 수 만 마리 말 달린다

3부

촛불

가지런히 모은 두 손모가지를 끊어 제단에 올리겠습니다

슬픔을 노동하는 당신

이 끝나지 않을 간절함이 몸 돌아선다면 끝내 허물이 되겠습니다

웃음 펄럭이는 슬픔을 엮은 계단

정신의 유배지를 기웃대는 눈동자 하나

어둠의 이파리를 갉아 먹는 황금빛 입술의 벌레 한 마리

소포

문득 넘겨받은 아이를 안고 잠시 생각에 잠기는데
집배원이 번지수를 찾듯 아이의 얼굴을 들여다보는데
내가 내 전생의 행로를 더듬다 반송된 것도 같은
이 수취인 불명의 소포를 열어 볼까 하는 사이
발딱이는 심장이며 새근거리는 허파며 간 창자 위장들이 종합선물세트처럼
피부며 눈망울이며 입술의 포장으로 곱게 싸여 있어
그것들 꽉 묶여진 힘이 만들어 내는 세상,
이 방긋거리는 웃음의 주소지는 어디인가
발송과 수취를 알 수 없는 미소를
차마 열어 볼 수 없을 것 같아, 열어 보고 있는 것도 같아
아이의 몸 속 가득 담겨 은근히 퍼지는 독 같은, 번지 알 수 없는 죽음이 너무도 생생히 살아 있어
나를 빤히 올려다보는 눈 속 이글거리는 죽음에 나는 그저 어찌 할 바를 몰라

이게 누가 보낸 소포인지

점촌역

가야 할 곳이 있다

철로를 달렸던 건 기차와 석탄이 아니라
숨 가쁘게 살아온 사람들이었던
과일 가득 담은 가방의 자크를 연신 열고 닫아 보듯
마음 설레던 점촌역

멀리 북으로 남으로 떠났던, 또 거기서 몰려왔던 사람들
누군가의 청춘이, 일생이 쓰러지고 일어서던
기차는,
뒤돌아 볼 수 없어 쉬었다 간다

두 눈 속에 석탄빛 불꽃이 일었던
가슴속 광부여 농부여,
상처받았지만 병들지 않아
떠나는 자가 입술 깨무는 곳

먼 데를 떠돌던 기차여

지금은, 영강 마주 안고

돈달산 어깨 위에 동이 틀 무렵
기적 울지 않아도 네가 온 줄 알겠다

네 환한 이마가 우리의 꿈인 줄 알겠다

쉰 넘어 반달

나비날개 한쪽이 나뭇가지에 걸렸다.

하늘을 東으로 西로 끌고 다니던

산을 찢고

꽃잎을 찢고

내가 방금 건네준 명함을 쫙쫙 찢어발기던 나비

나무에 지그시 몸 기댄 채 길 묻고 있다.

반환점을 돌아서는 하늘가, 발 걷어차는 돌부리

팽팽하게 끌어당긴 공중을 접어서

맨가슴,

살 속에 꽂아 넣는 행커치프.

꽃향기를 맡는다는 것

꽃의 균열은 스스로를 위한 것이다
핀 것을 다시 피우기 위해
몸 여닫는 경첩을 달아 놓은 것이다
문을 열고 먼데 풍경을 방안으로 들이듯
빛깔은 그런 것
문 여닫는 소리 같은 향기가
멀리서도 들리는 것이다

그래서
사람은 코를 닫고 계절은 문을 여는 것

그 둘이서
꽃잎의 문지방에서 만나는 것이다
수인사를 하듯 목례를 하듯
깊은 포옹에 빠지는 것
빛깔을 쾅 닫으며
향기를 슬쩍 문틈에 끼워 두는 것이다
향기는 문살이 흔들리듯
균열의 비명을 듣는 것이다

>

스스로를 몸의 외곽으로 몰아가는 꽃이여
균열을 내부에서 멀어지게 옮기는 빛깔이여
주위를 축조해서 중심이 사라지는 향기여

내 머리는 지금 흔들린다
콧날의 가시로
너를
무심코 쿡쿡 찔러 보는 내 감각은 달아서 아프다

꽃피는 한 철에 대하여

내 몸의 고통은 슬픔을 변상하며 자란다
빛깔을 담보로 형상을 넓혀가는
벌과 나비로 심호흡을 하는 꽃잎들이
어떻게 내 얼굴에서 자랄까

찡그린 얼굴을 펼쳐 보인다는 건
뒤집어 놓은 내 생각을 위반하는 것
내 얼굴의 맨 밑바닥에 귀를 대고 고통을 찾는 일
슬픔의 쟁반 위에 내 몸 뒤집는 일

나는 그렇게 하루를 구기진 않겠다
절망이 깊어서 가시를 옆구리에 찬다 한들
꽃잎을 주섬주섬 줍고 있는 햇살을 그저,
웃을 뿐이다

후회는 고통을 싹처럼 밀어 올린다
등짝을 타고 오르는 넝쿨손이
내 턱을 치받아 올린다
나는 눈을 감는다 말을 쌓아 올린
이빨 지그시 닫아 그 감촉을 느낄 뿐.

또 이빨은 입술을 키워서
내 말은 입술을 건너서, 지워서
웃음은 자란다

혼자 돌아 앉아 내 뼈를 세고 있는 동안
쉰 네 해의 입술들이 나를 만 번도 더 다녀갔다
피지 않는 곳에 나는 있었지만
아무도 나를 물어 오는 이 없었다

내 몸에 지그시 기대는 하루가
헛웃음을 키울 때가 있어 나는 자유롭다
꽃을 밀어 올린 먼곳의 뿌리들이
내 머릿속 중심에서 흔들리는 것
나는 그게 싫을 뿐이다
고통으로 대변되는 슬픔이 없다는 것

복사꽃 나들이

언젯적이었나요, 꽃신 신고 길 나설 때가
아지랑이 파도 위에 배 띄우고

몇 켤레인지 셀 수 없이 많은
주인 벗어 놓은 신발들
어처구니없는 세월의 강물 데리고 꽃놀이 갔나보네요

흐르고 흐르는 강물의 언덕을 희희낙락 오르는
영문 모르고 길 따라 나선, 머리 어질하던 주인들
물결 위 꽃잎 신겨놓고 돌아와 봄볕 아래 맨발로 서 있지요

아직은 이마 푸른 풋복숭
솜털 보송한 나 어린 신랑

연분홍치마 처억척 휘감겨 내려간,
연지볼 수놓은 꽃신 바라보다 뒷꿈치 짓무르지요 속절없는 세월이 익지요

꽃신 신고 길 나설 때 한 세상 , 다 알아보았지요

찌그러진 밥통

북경반점 철가방이 길 한가운데 나뒹굴었다
지고 있는 낙엽과 슬쩍 부딪쳤을 뿐인데
멀리 북경에서 문경 흥덕동 뒷골목까지 튕겨졌다
짜장면이 중앙선을 침범하고
짬뽕 국물을 신호등 건너 안경점까지 튀겼던 열아홉 살 배달부
살아오면서 세상을 한번 이렇게 뒤집어엎긴 처음이었다
길가 수북이 쌓인 낙엽들은 속수무책이었지만
아스팔트 위 눈빛 범벅의 면발을 묵묵히 긁어 담는 배달부
그렇지, 밥통 뒤집어 지면 세상 못할 게 없지
먼 훗날
저 찌그러진 철가방에서 나뭇잎은 돋을 것이다
아스팔트에 깊게 뿌리 내린 쫄깃한 면발이
가지를 뻗고 싹이 나고 꽃 피울 것이다
새들은 면발을 늘려 집을 짓고 새끼를 칠 것이다
그 날갯짓에 낙엽은 또 지고 오토바이는 넘어지고
찌그러진 밥통은 그렇게 천천히 펴질 것이다

소

소는 장사꾼이다 나에게,
송아지 적 귀여운 모습을 팔았으며 자라선,
네 발과 근육 두꺼운 어깨의 노동을 팔았으며 죽어서는,
내장과 각 부위의 살들과 사골과 등 위의 파리를 쫓던
긴 꼬리뼈를 팔았으며 가죽은,
한 번도 신어본 적 없는 구두와 두드려본 적 없는 북으로 팔았다
두 뿔은 사나우나 순한 역설의 상징에 팔았으며
가끔씩 뒤돌아보는 고개 짓은
팔려간 추억을 천천히 되새기는 반추에 팔았으나
가장 값지게 판 건 그의 눈동자다
쌍꺼풀 마스카라 아이라인 긴 속 눈썹에 맑은 눈동자는
푸르고 고요한 하늘이 먼저 알고 높은 값에 사 갔으나,
본전에 밑져서 팔지 않은 것도 있다 소의 눈동자엔
깊게 찍힌 낙관처럼 구름의 흔적이 있다

악어의 사랑 법

당신은 알에서 깨어나기도 전에 몸을 다 먹어 버렸지요
그래서 몸이 죄다 입 뒤쪽에 있어요
입으로 들어 간 몸이 꼬리 쪽에서 뒤집어져 있어요
제 몸을 질겅질겅 씹어 삼켜 온몸에 이빨 자국이 선명하지요
새들이 가끔씩 이빨 사이에 섬뜩하게 남아 있는 조각들을 먹기도 하지요
더 먹을 몸이 없어 벌린 이빨에 아직 살아 있는 죽음이 촘촘해요
침보다 강한 소화력의 눈물을 흘릴 줄 아는 당신
루즈 한 통을 다 써도 아랫입술도 못 바르는 당신
가끔씩 입을 벌려 희뜩한 눈으로 어금니에 튕겨지는 빛살을 확인하는 당신
꽉 다문 입, 아래턱과 위턱의 욕망이 교묘하게 어긋나 생이 안정적으로 보이는 당신
늪을 덜컥 해치우고 나온 당신을 어깨에 메고 당당하게 거리를 활보 하는 당신

절벽

나는 아버지와 어머니 사이를 건너뛰다 추락한 지점이다
그곳에는 높이와 깊이는 있는데 면적이 없는 내가 있다
사람과 사람 사이를 데리고 온 길은 여기서 자취를 감춘다
사람들은 내가 있던 지점에서 몇 조각의 그림자를 거두어들였다고
하는데 나도 그들과 그것들을 본 적이 있다
한 지점에서 다른 지점으로 옮겨가는
아이들과 아내와 나를 모두 거두어들이면 어디가 될까
내 주위에는 항상 뾰족한 거리가 흥건하다
겨울 아니어도 빙벽을 이루는 지점들
내 그림자의 노을은 그들의 몸속으로 일렁인다
하늘의 별들은 누군가의 영혼이 부서진 거라 했다 그렇지만
사금파리 몇 모아 달을 만들 순 없다고 했다 나는 별쪽으로
매일 추락하는 해와 달의 발바닥을 본 적 있다
그들도 어디선가, 누군가가 땅에서 하늘 쪽으로 추락한 지점이다
내 몸은 낮에 나온 반달보다 조용하다 나는 가끔 지금 여기 없는데
평면위에 표식된 입체인 내 고통은 누구의 슬픔으로 변상되
지 않는다
나는 낯선 여자의 생리혈에 정자를 키우며 세상을 건너고 있다
눈물의 수면을 자맥질하는 몸, 그래서 내 눈은 깜박이고
세상 모든 풍경은 이곳으로 추락했다

내 몸은 내 인식의 소실점이다 풍경의 한쪽 피부에 돋는 소름이다

공중에 떠 있는 발바닥 같은 몸이 몸의 발화처란 걸 알려주는

여기 닿은 이 지점이 바로 나다 아버지 어머니는 너무 먼 곳에 있다

나는 그곳에 있었다

어떤 곳에서 잎으로 피었다 진 적 있었다
햇빛과 바람, 구름의 바위틈에서 난
온몸을 흔들며 살았다
주위의 풍경들에게 입 벌려 내 마음을 말할 수 없었으므로
가슴속에 접었던 두 손을 펴보이듯
땅 속에 숨겨 두었던 생각들을 꺼내 그저 푸르게 눈 껌벅거릴
뿐이었다
그러면서 지금 만들고 있는 빛깔은 풍경 속에서
내가 지르는 얼마나 큰 고함인지
몸속으로 삼키는 비명인지 아무도 알지 못했다
꽃들은 갈라지고 쪼개지고 부서져 열매를 만들었다 나비가 꽃
빛에 스미듯
향기는 풍경 속에 길을 만든다 그것은
내 몸의 형체가 없었던 시절 세상을 거니는 유일한 방법이다
한때 내게 다가와 몸 갈라지던 어둠과 밝음의 시절이 있었다
그렇지만 그때마다 늑골의 허리춤에서 청동의 달빛을 꺼내 들어
내 수척한 얼굴을 들여다보곤 했다
나는 거울 속에서 풍경의 피부에 돋는 소름처럼 서 있었고
캄캄한 몸 입속에선 강물이 흘러나왔다 나는
몇 줄의 불거진 잎맥으로 내 생을 위로 했지만 그건

누군가 죽기 전 세상을 향해 힘껏 뿌리는 한줌의 한숨이거나
쓰레기장에 몸 반쯤 묻힌 빈병의
주둥이에서 한 시절 울고 가는 바람의 일이었다
지금은 그쪽 풍경의 강바닥이 많이도 말랐다
그 많던 별빛이 바닥에서 자갈의 소리를 내고 있었고
저 혼자 제 몸의 나뭇잎을 그리던 초승달이
가문 하늘의 우물을 파다 자루 부러진 곡괭이처럼 던져져 있었다
나는 물속에 비치는 내 푸른 눈빛을 흔들어 깨우다 한 생을 소비할 것이다
내 손이 미치지 않는 저쪽 절벽 아래 무릎 꿇고 있는 허공을 향해
손사래치고 있는 이파리들
저리 많은 손바닥 다 흔들고 나면 자신들의 얼굴이 없어진다는 걸
그들도 몰랐을 것이다 그 많던 피들은 어디로 갔을까
강의 몸집 불리던 뿌리의 호흡들은 무엇을 할까
나는 또 다른 나를 이야기하려
몇 번 몸 뒤척이지만 내 몸속에서 번져 나오는 물 위의 비늘들이
햇살에 번쩍여 한때의 무표정을 치장할 뿐이었다
땅 위에 그늘 수북이 일어선다 한때 빛나던 풍경의 핏줄들이다
우묵하게 파이는 공중의 살, 공중에 돋는 소름들, 살아서 뻣뻣해지는 공중의 관절들

내 옆의 나뭇잎이 떨어지고 있다

누군가 소름들을 징검다리 삼아 풍경 속을 또 건너고 있다

그들의 발바닥과 발과 발 사이의 세상을 들여다보는 눈이

가장 커졌을 때 내 눈동자를 부드럽게 어루만지는 바람들,

귓밥 가득 쌓이는

아무도 지상에 다녀 간 줄 모르는 자들의 고함을 나는 들은 적 있다

오래된 책장을 넘기며

묵은 철문을 열듯 책장을 펼치면 녹슨 먼지들이 천년의 자리 바꿈을 하느라 삐걱이는 소리 들립니다
촉촉촉, 수만의 화살촉이 빛살을 거슬러 오르는 시간

넓고 각진 백지의 연병장 검게 도열한 무사들 창과 방패를 들고 말갈기를 앞세워 숨을 몰아쉬고 있습니다
이제 막 일촉즉발의 전투태세를 갖추는 그들

책장 펄럭일 때마다 천년 전 진군의 나팔 소리, 소리 사이 꼼짝없이 매복해 있던 군사들 여전히 깃발은 나부끼고,
첨병도 전령도 스스로의 함성 속에 매장되어 있음을 알까요
피를 엎질러 화석이 된 몸들을,

잠시 숨을 멈추며 손가락에 침 묻혀 책장을 넘기고 있는 이승은
언제나 승자도 패자도 없는 싸움으로 침묵하는 것임을 알고 있을까요 그들은

박피의 갑옷투구 벗어놓고 전장을 슬며시 빠져나온 병사들 갈 곳 몰라 하는 지금 이 땅 위
그때의 검은 혈관들 꿈틀, 무너진 성곽을 오른 담쟁이처럼 얼

굴 쳐들고 있어
책장 넘길 때마다
여봐라 저놈의 목을 당장…, 하는 바람소리,

보다 더 독한 불꽃이 있을까요 문자를 태우는 역한 냄새, 목 떨어진 장졸들 잿더미 속 불티의 눈빛만 흩날려
나는 폐가의 문짝을 뜯듯 책장을 치고 들어가 두툼한 먼지의 역사를 일으켜 세워,

봅니다
모두 죽었거나 혹자는 사라진
이 끝나지 않는 전쟁터에서

터진 배를 비져 나오는 싱싱한 밥알을 주워 먹는 맛을

강

아버지의 신발을 신고 거리를 나선다
골목아 좁아져라
집들아 작아져라
지나는 강아지야 내 말 들어라

아버지의 신발을 신고
세상을 걸어보려 한 적이 있다
신발에 작은 발을 쓰윽 넣고
거리를 나서면
뒷꿈치 남은 자리 그 좁고 어두운 공간이
내가 건너야 할 강이였다

세상의 강이
건너기 위해 흐르는 건 아니었지만
나는 내가 건너야 할 그 강에
띄울 배를 여태 만들고 있었다

세살바기 아들이
벗어놓은 구두를 신고 거리를 나선다
작은배 한 척 강기슭을

찌걱거리며 떠난다

물결이 배보다 한 발 먼저 닿는 강

창 위의 발자국

겨울 유리창엔 하얀 입김 위를 걸어가는 발자국이 있어
누가 목구멍 가득 불어오는 숨결 속을 들어서고 있다
어떤 지극한 생이 발을 빌려
자신의 호흡 속, 깊이 파 놓은 우물처럼 발자국을 남기는 것일까
다섯 개의 발가락 선명하게, 맨발로
숨결 내 뱉는 이쪽에서 아직 발 닿지 않는 풍경의 저쪽까지
바닥 맑은 길을 조용히 걸어가는 사내
가만히 들여다보면, 안과 밖이 모두 소요뿐인
유리의 한 세상을 두어 걸음에 다 살아 버린 사내
해 저녁 유리의 방죽 위
보이지 않는 몸이 뚜벅뚜벅 입김을 걸어가고 있는데
깜박, 따뜻한 방안에 창밖이 다가서고 그 사내 의자에 앉아
조금씩 지워지는 걸어온 길을 바라보네

4부

하구

은빛 물결 번쩍이는 강
느리게 느리게 흘러
유유히 제 몸 바다에 들이는 건

상류 계곡 어디쯤
첫사랑 같은 폭포 하나
숨겨 두었기 때문 !

꽃병

개나 소나 그리고 벌떼들, 바퀴벌레들
꽁치 가오리 멸치 새우 상어 고래
참새 황새 백로 왜가리 까막딱따구리
지렁이 무당벌레 침팬지 개똥벌레들
딱정벌레 사람 고릴라 진딧물 장수하늘소
피라미 미꾸라지 메기 뱀장어
모기 파리 하루살이 버마재비 말매미들

시절마다 꽃들은 피고 진다

정육점 붉은 불빛 아래 하루 더 신세지는 소 돼지
쓰레기장 죽은 쥐의 몸속에 다음 생을 파고드는 구더기
어물전 물 간 생선은 머리 위에 파리를 향기처럼 날린다.

장례식장에 며칠 묵어갈 사람 뒤 따라 들어오는, 국화꽃,
둥글게, 둥글게 환한 화환들

뚜뚜 목련

목련 꽃잎 속에 전화를 넣었더니
덜컥
누가 받아버린 사월

이런 제기럴이 입속에서
불쑥 피어나는
목련꽃 아래 서니 갈 곳이 없다

우윳빛 입술이 막막해서
눈 감으니,

목련 진다

사월도
지친 사월

목련꽃 그늘 속
숨겨 둔 애인의 목덜미가 고와서

그가 서 있는 자리 쪽으로 기우뚱

봄을 낚아채다
내가 진다

목련꽃 떨어진다
초승달이 어둠의 늑골을 할퀴는 밤

툭,
손톱이 빠지고 있다

꽃밭에서

찔레 나리 호박꽃이 홍등을 달았다
독한 향수 립스틱 진한
장미는 가시를 음부 속에 숨겼다

자 !
들어오라 나비여, 벌이여
빛나는 생의 한철을
호객행위에 바치는,

깝죽대는 그대여
너의 그
오판의 유혹으로 나는 몸을 열 뿐,

뼛속에서 이름을 부르면 몸이 아주 부서질까

"꽃밭에는 꽃들이 모여 살고요"
유치원 아이들 입에서 설핏 비치는 홍등의 불빛

붕붕거리는 벌의 탄성 너머 꽃 진다
꽃들의 꽃밭 서러운 잔치

웃음

입 꼬리를 잡아 당겨 귀에 걸치면
내 몸은 한 순간 날아가는 새가 된다
입술이 펼치는 날개 속에 내 정신은 기울기를 높인다

입술을 떼어 귀에 걸치고 세상을 본다는 건
파 – 하고 한세상 무심히 치고 들어가는 일
대책 없이 네 속을 들추고 그 안에 쉬어가는 일

머리가 보고 싶어 하는 걸
눈이 거부한다면
눈이 본 것을 머리가 받아들지 않는다면
입술을 어찌 얇은 귀에다 올려놓을 수 있을까

두 입 끝이 올라가서 눈가의 꼬리를 만난다면,
둥글게 둥글게 굴러가는 얼굴이 되겠다
속절없이 네 마음속 온전히 들어앉은 마음 되겠다

귀에다 입을 걸친 김에 한 말씀 하겠는데
네 흰 이빨 콱 박힌 세상 한 번 달다

새 키우기

일당 4만원의
철근공 보조 최씨가 아파트 공사장 17층에서 떨어졌다
평소, 그의 몸속엔 새들이 살았다

날개 사이의 계단을 펼쳐
단박에
엠파이어, 뉴욕타워, 63빌딩을 세웠다

마천루 한참 지나
노을의 엘리베이터를 타고
낮달의 눈빛 아득한 하늘에 닫기도 했다

날개 퍼덕일 때마다
건물은 치솟고 그는 날았다

감고 끊고 구부리던 철근 속에
새한마리 키우지 않았다면 그는 날지도 못했을 것이다

둥지속의 알처럼 웃고 있는 가족 앞에
가장 가벼운 깃털 몇 개 떨구어 주었을 뿐

몸속에 쌓여진 계단을 접을 수 없었다

바벨탑의 마지막 벽돌을 실어 나르기 위해
새장 속을 날았을 뿐인 그를,

누가 보고 있었을까?

그의 눈빛이 역광으로 번쩍이는 창문,
치솟는 도시의 건물들,
철근 콘크리트벽 속에는 새들이 날고 있다

연탄

석탄이란 말 속엔 캄캄한 고생대의 밀림이 떠오르지만
연탄이란 말 속엔 얼굴 시커먼 노동이 번질번질 묻어 있다

구멍을 맞추며 들이키던 석회 빛 가스의 기운과
저 혼자 절절 끓다 갈색의 장판으로 구워지던 구들장,
구멍마다 가난의 꽃들을 맹렬히 피워대는
연탄이란 말 위엔 보글보글 된장이 끓고
혼자서 삼양라면 세봉을 뜯어 넣던 고교시절 자취방이 있고

연탄이란 말 속엔
늦도록 편물하다 불꽃의 향기에 눈감은 누이들이 있고
깜빡 불 꺼트린 냉골의 이불 뒤집어쓰고 벌벌 떨던 세월이 있고

신 새벽,
이제는 불꽃 다 죽은 연탄재란 말 속엔
푸석 푸석한 몸 퀭한 눈빛으로 골목에 나와
누군가의 발길에 몸채여 주는 속 시원함이 있고

연탄재란 말 속엔
그래도 비탈진 생 넘어지지 말아라
빙판길에 쫙 깔려주는 가루가 되는 몸이 있고

노을

꼬리가 칼날로 되어 있는 짐승이 있다고 했다
"이우"라 했다

제 꼬리 맛에,
꼬리에서 흐르는 피에 취해 일생 꼬리를 핥는다고 했다
핥고 핥아 혓바닥이 너덜너덜해졌다고 했다
그래도 멈추지 않았다고 했다

살아서 지금 막 산등성일 넘어 서고 있다

힐끔 뒤 돌아보는 저 이글거리는 얼굴
눈빛에 취해 다음 생으로 발걸음을 떼지 못 하겠다
저 수렁에 빠진 발을 빼는데 한 생을 다 소비했다

소진하지 못한 욕망이 죽음의 입술에 버팅게*를 지르고

내 혓바닥은 지금 저 산등성이에 닿아 있다
지상에서 가장 먼곳을 이렇게 가까이에서 핥다니

희고 말랑말랑한 이승의 무덤 하나 벌겋게 닳고 있다

유성

별들이 시동만 걸어 놓고 깜빡이는 밤
손님이 탔는지
총알택시 하나 하늘을 긋는다
광화문에서 음성까지, 혹은 화성에서 천왕성까지
지구를 몇 바퀴 돌아 제 자리에 올지라도
우주 밖으로 날아가 아주 못 올 지라도,
부서진 하늘의 뼛조각 지상을 향해 뿌려 지는 걸
사람들은 아름답다 한다
구름 곁의 별 몇, 산기슭 人家 붙박이로 깜박이는 새벽
누구든 우리는 각각이 홀로 별인데
제 자리에서 그저 반짝이는데
출근하고 퇴근하는 땅 위에도 또 한 하늘이 있어
어디 그 하늘, 하늘 아니라는 사람 있어
빛나는 뼈 하나
누구의 가슴에 슬쩍 묻어 두기 위해 푸른 밤길 달리는지
총알택시 한 대 궤도를 막 벗어나고 있다

벽

친구의 하관식
어미의 등에 업힌 아이가 손가락을 빨고 있다
열쇠로 자물통을 여는 중이다

자물통 열고 나와
세상을 휘젓던 그의 아비는 지금
땅을 열고
그의 아비의 아비가 채웠던 자물통
그의 아비가 열고

지금 손가락을 빠는 아이는
열리지 않을 세상에 대한
격렬한 저항인지도 모른다

땅을 채운 열쇠를 허리에 구겨 넣고
어미는 세상 속으로 한 걸음 비켜 설 것이다

한동안 아이는 자물통 열려고 애쓸 것이다
세상의 문은 잠겨 있고
문이 열리면 아이는 버려 진다

겨울나비

아무도 가지 않은 눈 위에
두 발로 자박자박
내 등 뒤를 나비가 따라 온다

이 겨울을
모시적삼 배추흰나비

떼 지어 줄 지어
눈꽃송이 가지 위로
팔랑거리다가
빙글거리다가

내 몸 돌아
흰 세상 언덕 위를
넘어가는 나비 떼

어쩌자고,
천지간에 펼쳐진
한 송이 꽃잎 위의 발자국

>

춥지 않으면 형체 없을,

햇살 속

몸 맡겨

아른아른 날아가는 한 겨울

모시적삼 꽃잎들

겨울나무

눈만한 아편이 어디 있겠나.

뼛마디를 찌르는 바람의 주사기
링거도,
의사도 간호원도 없는 언 강 위에

차갑게 절명하는 빛이여
구름의 입가에 부서지는 말의 사금파리들이여
문병처럼 다가와 입술 비트는 손길이여

헐벗었다 겸허하다 말하지 마라
병들지 않았지만 살도 피도 없어
가면假眠의 생을 지탱하는 나는 지금, 몹시 아프다

눈만한 아편이 어디 있겠나

지상의 정신을 꽃 피워 무너뜨리는
저
백색 히로뽕들

돌아오지 않는 강

저 유목민은 돌아오지 않는다.

은하수 예식장 가득한 별빛
초원을 순례하는 해와 달의 혼인식은 끝났다
풀잎의자에 앉은 눈빛 순한 이슬하객들도 떠나는 아침

몇 개의 공장 지대, 도시와 아스팔트길을 걸어
제 몸 속 심어놓은 푸르름의 뿌리들
어디에 움막을 칠 것인가
어떤 희망을 건설할 것인가 생각하지 않는다

황금빛 발톱, 독수리 날개를 달고 솟아오른 빌딩
탱탱하게 살 오른 스카이라인 지평선
양떼를 몰던 휘파람이,
매일 밤 pc화면 속 세상을 좇고 있는 구름 강변 아파트
유리창 초원의 조망권을 높은 값에 팔아
잿빛 스카프를 휘날리며 칭기스칸 자동차를 올라 탄

유목민은,

>

출렁이는 욕망의 통신선
얽혀 있는 다리 밑 신호등에 걸려
좌회전 우회전 직진의 초원을 약빠르게 몰아
유턴의 표지 다 지워진 도심 한 복판,
끝없이 펼쳐진 계단의 사막에 스며든 유목민은

아주 돌아오지 않는다

주흘산

주흘에 가면, 있다
주흘산 정상에 가면, 그가 어깨 턱 버티고 서 있다
집에서 도시에서 직장에서 만날 수 없었던
호쾌하고 통 큰 영靈 맑은 사람
숲 속 어디 계곡 물보다 더 맑은 소리 속에
자동차를 버리고 승진을 버리고 50평 아파트를 버리고
한 십만 번쯤 몸 뒤집고 얼굴 붉어지는 단풍나무 아래서
깜박 길 잃어 찾아든 혜국사 종소리 속에 몸 맡겨 두고
어디서 왔는지 어디를 오르는지 모르는 마음 하나
구르는 솔방울 소리 환한 길 뒤 따르다
바위틈 푸른 이끼에 무릎 꿇는,
발아래 세상에선 한 번도 만난 적 없는 사람
구름이 발바닥을 가볍게 떠받치는 거기
어디 한번 옷 입은 적 없는 알몸의 바람이
서늘하게 이마를 짚어 주는 거기
겹겹의 얼굴, 껍질 벗고 야호 소리치는 내가 있다

조용한 손님

초가 한 채 무너졌다
벽도 기둥도 지붕도
땅위에 조용히 무릎을 접었다
먼 길 다녀와 부모님께 절하는 자식처럼
오랫동안 엎드려 있다
썩은 짚에 바람이 들먹거려
우는 것도 같고
거을린 부엌 흙냄새에
매쾌한 마음을 추스르는 듯도 했다
창문 하나 없이 나무문에 문풍지
문고리에 피어나던
사철 마른 봉숭아 코스모스 같이 지고 있었다
홀연히 일어섰던
제자리의 흙과 제자리의 나무, 제자리의 짚
거두고 챙길, 어디 골라낼 게 하나 없다
일 없이 온 손님처럼
그냥, 삭는 중이다
잘, 다녀가는 중이다.

해설

원圓의 상상력과 서정의 변주

함기석 시인

원圓의 상상력과 서정의 변주

함기석 시인

서정적 욕망이란 대상과 주체 사이의 틈을 봉합하여 동일화하려는 낭만적 욕망이다. 대상에 대한 주체의 인식과 수용방식, 자기반영성 원리와 긴밀하게 연계되기 때문에 새로운 서정의 구현에는 대상에 대한 시인의 새로운 감각과 상상, 새로운 해석과 표현이 요구된다. 엄재국의 시는 대상과 주체 사이를 연속성의 관계로 파악하여 수직의 세계를 수평의 세계로 환원시킨다. 그는 인식의 충격과 전환을 낳는 이접移接의 시학, 난독亂讀의 자연에 대한 에로티시즘의 시학, 죽음의 그늘이 드리워진 자본주의 세계에 대한 비판적 성찰의 시학을 추구한다. 자연의 사물들이 육체 속에 품고 있는 고뇌와 실존, 에로스의 생명에너지를 주목하여 그들과 일체一體가 되려는 통합 욕망을 드러낸다. 그런 점에서 그는 전통적인 서정 시인이다. 그러나 그에게 자연의 세계는 근원적으로 의미를 확정할 수 없는 물성物性과 본성本性을 지닌 가혹한 육체, 아름다움과 고통을 동시에 지닌 규정 불가능한 육체다.

사물들은 하나의 이름, 하나의 의미, 하나의 구조로 확정될 수 없는 유동적 존재물이고 관능적 생명체다. 자연의 사물들에 대한 시인의 이러한 중층적 인식과 낯선 상상력이 사물들을 자유롭게 결합시켜 획일화된 서정의 세계를 흔든다.

이접하는 세계

시인의 눈에 자연의 사물들은 아직 발견되지 않은 비의들을 간직한 진행형 존재들이다. 때문에 사물들은 비밀을 숨긴 자와 파헤치려는 자의 관계로 병치되고, 하나의 사물은 또 다른 사물과 이접하여 낯선 풍경을 낳는다. 이접의 세계는 사물과 사물의 결합, 사물과 자아의 결합, 기억과 현실의 결합, 자연과 인공의 결합 등으로 세분화된다.

이 작은 집에 들어가려면 열쇠가 있어야 한다

금고 속에 들어 있는 반지며 진주 빛 목걸이
본 적 없는 둥근 열매의 팔찌를 훔치려면
캐비닛의 비밀 번호를 알아야 한다

나비는
날개와 날개 사이의 촘촘한 눈금들을 접었다 폈다
낯선 번호의 가시를 헤치고 꽃잎을 연다

다이얼이 돈다 문이 열린다 와르르 쏟아지는,
도대체 둥근 빛깔의 보석들

일시에, 눈앞 캄캄하므로
나풀나풀 나비는, 환한 대낮에 등불을 켜는 것이다

그가 다녀간 자리
부서지고 달아난 문짝들 수북한데,

이슥한 봄날,
꾹꾹 눌러 펴 담은 향기를 등에 지고

비틀비틀,
산등성일 오르는 나비의 뒤를 밟은 적 있다
—「나비의 방」 전문

가시투성이 꽃이 빛나는 보석들을 숨긴 집의 금고 캐비닛으로 그려져 있다. 대낮에 꽃을 맴돌며 나풀거리는 나비의 아름다운 몸짓이 깊은 밤에 도둑이 몰래 금고를 따는 절도행위로 치환되어 있다. 낮이 자연의 시간적 조건이라면 밤은 인간의 심리적 조건인데, 꽃이 간직한 비밀을 빼내는 일이 그만큼 어렵고 긴장되는 일임을 상기시키기 위함이다. 주목되는 점은 나비와 시인(화자)의 동선動線이다. 나비의 행위와 동작을 예의주시하면서 시인은 나비의 길을 뒤따른다. 이는 자연에 대한 시인의 입장과 태도를 표명한 것으로, 날카로운 가시로 둘러싸인 자연의 사물들에게 위험을 무릅쓰고 다가가 그들이 간직한 아름다운 비밀을 엿보려는 심리다. 이러한 시인의 발견 욕구가 사물의 변신을 낳는다.

태양이 오후의 나팔을 힘차게 불고 있다

봄이 떠난 자리에
노선에도 없는 버스 한 대 내 앞에 섰다

탈까 말까 망설이다
저 꽃잎에 훌쩍 올려놓은 발은 어디에 닿을까

신지 않은 몸이 문득 아득하다

승강장 지붕 위, 구름 방면
전신주 비스듬한 지지줄을 타고 버스는 떠난다

오라잇, 뿜빠뿜빠
푸른 창문 비포장도로 보랏빛 타이어

승객도 안내양도 타지 않고 또 기다리는

—「나팔꽃 승강장」 부분

나팔꽃이 보랏빛 타이어에 푸른 창문을 달고 비포장도로를 달리는 시골버스로 이접되어 있다. 이 시에서 주목되는 점은 두 가지다. 첫째는 시인이 아름다운 나팔꽃 버스에 오를까 말까 망설이다 몸을 싣지 않는다는 점이다. 승객도 안내양도 없이 홀로 떠나가는 버스를 아득하게 바라보며 시인은 또다시 버스를 기다린다. 둘째는 떠나는 나팔꽃 버스의 방향이 구름 방면의 정거장, 허공이라는 점이다. 허공은 자연의 만물이 종국적으로 귀착하는 곳이자 시인의 삶이 운명적으로 가 닿을 자유의 공간이다. 때문에 상대적으로 시인이 발을 딛고 서 있는 지상의 승강장은 생의 고통과 아픈 기억들이 아로새겨진 장소, 떠남과 기다림만이 무수히 반복되는 삶의 영원한 현재가 된다.

투옥과 탈옥

엄재국의 시에서 허공에 닿으려는 욕망은 식물의 생장과 연계되어 주로 물 이미지를 통해 나타난다. 그의 시는 구름, 물방울, 강, 호수 등 물과의 친화성이 짙은데 이는 물의 흐름이 환기하는 시간성, 물의 증발이 환기하는 기체의 유동성에 대한 시인의 무의식적 지향 때문일 것이다. 따라서 허공은 모든 물들의 귀착지인 바다와 같은 상징적 공간이 된다. 시인은 강가의 둥근 돌, 각진 돌, 크고 작은 모래들에게서 일체감 즉 몸이 맞고 마음이 맞는다고 느낀다. 사랑에 빠진 자가 상대에게 투옥되어 고통을 느끼면서도 희열을 느끼는 것처럼 그는 자연의 사물 속으로 자아를 투옥시켜 사물의 육체 속에 스민 아픔과 시간을 내 몸으로 느끼고 싶어 한다. 그러나 사물과 자아 사이에 건널 수 없는 간극,

메워질 수 없는 틈을 발견하고 시인은 소외와 고독 속에 놓인다. 이는 자연과 대비되는 인공의 도시, 다시 말해 시인의 삶이 펼쳐지는 인간의 세계가 억압의 구조, 사랑과 자유를 박탈하는 양상으로 펼쳐지고 있음을 반증한다. 그의 시에 자연물과 인공물이 결합되는 사랑의 투옥과 탈옥이 동시에 벌어지는 것은 이런 상반된 상황들 때문이다.

한때
훨훨,
감옥과 감옥 사이를 배회하는 저 탈옥자를 찾으러 다닌 적 있다

권총도 몽둥이도 없이 맨 손으로 잡은 내 손엔 철컥, 수갑이 채워진 것이다

한 없이 가벼운 자유를 손에 쥐고 나는 무엇을 잃었는지
—「낙화」 부분

시인의 상상과 해석을 주목해야 하는 시다. 꽃잎에 앉았다가 날아가는 나비가 원래는 꽃잎이었다고 시인은 상상한다. 치밀어 오르는 떨림과 열망이 꽃잎을 나비로 변신시켜 멀리 날아가게, 도망치게 했다는 것이다. 꽃을 탈옥을 꿈꾸고 자유를 실행하는 능동적 존재로 그리고 있는데, 이런 탈옥 욕망은 시인의 욕망을 그대로 반영한다. 즉 시인의 눈에 사물은 늘 사물 자신으로부터 탈옥을 꿈꾸는 존재인 것이다. 그래서 시인은 사물을 사물에

게서 탈옥시켜 또 다른 사물로 변신시키려 한다. 이때의 탈옥은 이성의 세계에 투옥된 사물을 감정의 세계로 이주시키려는 전복적 사랑의 행위이기에 시인은 이 범법사건의 아름다운 주동자 또는 공모자가 된다. 그러니 현실에서 탈옥하여 또 다른 세계로 달아나는 주체는 사실은 사물이 아니라 시인 자신인 것이다. 시인이 자신이 속한 삶을 폐허와 허위의 구조물로 보고 있음을 알 수 있다. 그러니 나비의 탈옥은 억압과 권태의 삶에 속박된 시인 자신을 탈옥시키려는 재생 행위이자 죽은 삶으로부터 자유의 세계, 사랑의 세계, 꿈의 세계로의 아름다운 망명과도 같다.

붉은 호수에 책 한 권 빠뜨렸다

나는 저 책을 집어 들 수 없어
느리게 몸 벙그는 호수의 물결이 꼭 꿈속 같아

누가 내 꿈속에 책 한 권 넣어 준 것 같아
—「장미에 앉은 나비」 부분

장미에 앉은 나비가 붉은 호수에 빠진 책으로 치환되어 있다. 중요한 것은 이 호수의 풍경이 시인의 몸과 꿈결, 사랑의 무늬들이 아프게 채색된 풍경이라는 점이다. 그래서 시인은 '누가 저 책을 다시 읽을 것인가' 자책하며 자신의 굴곡진 삶과 사랑의 시간들, 그 아득한 깊이를 가늠해보며 회한과 시름에 잠긴다. 시인에게 나비는 기나긴 길이와 깊이를 간직한 아름답고 슬픈 책, 자신의 꿈속에 빠진 아름답고 슬픈 존재물이다. 그의 시에는 책 이미지는 자연세계 사물들의 변주체로서 등장한다. 그에게 자연의 사물들은 아무리 읽고 읽어도 다 읽어낼 수 없는 곡절과 아픔, 아름다움과 비애를 간직한 문자 없는 책이다.

> 돌에는 목차가 있다
> 그래서 돌은 편편하다
> 속이 둥글다
> 행간이 뾰죽하다
> 읽는 소리가 야물다
> 어떤 때는
> 바람과 구름과 새똥이 가득해서
> 읽을 수가 없다
> 그 많은 문장들을 누가 다 지웠을까
> 날개를 접었다 펼치면
> 푸드득 물결치듯
> 내용이 떨어지기도 한다 가끔은
> 다 읽지도 못하고 사라진 자의
> 뒷모습이 읽혀지기도 한다
> 밤에도 글을 읽는 물고기의 눈동자들
> 그래서 돌은 눈을 감지 않는다
> —「돌을 바라보는 법」 부분

돌은 오래된 시간이 내장된 자연의 서책이다. 삶의 희로애락이

응고된 물적 대상이자 암유로, 생의 온갖 비의와 슬픔을 간직한 상징적 존재물이다. 지상의 돌 뿐만이 아니라 물고기와 나무들, 나아가 천상의 달 또한 같은 존재로 그려진다. 달은 물에서 허공으로 공간 이동된 좀 더 큰 서책으로 밀물과 썰물을 낳는 자연 변화의 주체다. 시간의 변화를 계기로 밤낮의 변화, 만상萬象의 변화를 낳는 주체이기에 그 내용을 적확히 읽어내는 것은 매우 어렵다. 이 물속 돌의 행간을 읽어나가는 물새는 시인의 초상으로 자연을 대하는 시인의 입장과 태도를 그대로 반영한다. 중요한 것은 자연의 사물을 대하는 시인의 수평적 눈과 마음, 각각의 사물들이 자신의 육체 속에 층층이 쌓아둔 고유한 묵언默言들이다. 시인은 이 문자 없는 서사들이 품고 있을 비밀의 곡절들이 궁금한 것이다. 그래서 쉽게 비밀의 내막을 드러내지 않는 호수, 나아가 자연과 우주를 겉장이 너덜거리도록 읽고 또 읽어나간다.

눈 속에 고여 있는 물의 끙끙 앓는 소리를 들을 수가 없다

돌멩이 하나 던져
물결 껌벅이는 눈동자를 터뜨린다 해도

(…)

몇 만 년 파문의 세월이 말라, 갈라터진 등짝을 보여준다 해도
몸 보다 더 깊은 눈동자를 읽을 수가 없다

—「호숫가에서」 부분

호수의 육체성을 시인의 몸의 내상으로 동일화하는 감각이 돋보인다. 이때의 감각은 관념이 아닌 시인의 삶을 육박해 들어오는 고통과 상처의 다른 이름이다. 시인이 바라보는 호숫가 풍경은 징징 징소리를 울리며 시작했던 삶, 삶에서 저지른 과오가 뼈아픈 고통의 화인火印으로 음각된 풍경이다. 자연과 시인의 육체가 합일되어 승화된 풍경, 균열과 희열이 함께 동반되는 사랑의 풍경이다. 시인에게 자연은 만물일여萬物一如의 세계, 사랑의 에로스가 펼쳐지는 동침의 세계인 것이다. 때문에 시인의 피와 열과 숨결은 대상의 육체 속으로 흡입되고 시인의 눈과 귀와 혀는 대상 속으로 증발해버린다. 이런 대승적 사랑이 관능적 이미지와 결합되어 에로티시즘의 세계를 꽃피운다.

그는 자아와 대상 간의 육체적 합일, 사물과 사물 간의 낯선 결합을 통해 새로운 서정의 집을 세워 올린다. 그런데 이런 이질적 결합 방식은 송찬호의 시에서 익히 보아온 풍경이다. 송찬호가 동식물과 인간의 결합을 통해 생의 격절, 비애의 단층들을 유머러스한 서사와 동심의 상상력으로 풀어낸다면, 엄재국은 자본주의 문명에 대한 비판적 인식과 성적 에로티시즘의 시각에서 접근한다.

에로티시즘의 빛과 그늘

호박꽃 활짝 열린 콘센트에

벌이 플러그를 꽂는 순간

온 세상 환합니다

넝쿨넝쿨 잎사귀

푸르게 푸르게 밝습니다

겨울, 봄, 여름……점멸하는 거리

울타리 세워 담장 세워

저 멀리 가을까지 닿은 전선에

늙은 호박 골골이 환합니다

—「점등」 전문

호박꽃 속으로 날아든 벌이 콘센트에 꽂히는 플러그로 치환되어 있다. 자연에 내재한 에로스 욕망은 시인이 꿈꾸는 생명의 원천이자 약동하는 힘이기에 그는 에로스의 적극적 표출을 통해 자연과의 합일을 지속적으로 꿈꾼다. 아름다운 빛의 세계와 생명의 순환을 울림 깊은 서정의 풍경으로 그려내고자 한다. 그러나 현실은 시인의 이런 바람을 차단하여 결핍과 부재를 더욱 농도 짙게 상기시킬 뿐이다. 빛과 생명의 세계를 지향하는 에로스의 욕망이 강할수록 그것을 차단하여 어둠과 죽음의 세계로 이

끄는 물적 자본의 힘이 더욱 강력해지기 때문이다. 즉 시인에게 만물일여의 대승적 사랑이 실현되는 자연의 세계는 인간이 만든 자본메커니즘으로부터 끊임없이 훼손되고 망실되는 원천적 비극의 공간으로 변질된다.

목련 떨어지는 날은 바람이 비리다

햇살의 양수가 터져

죽은 새끼 낳은 소의 눈동자 같은 하늘이다

버드나무가 속눈썹 붙이고 봄길 간다

손끝 매운 바람이 치마를 들추는 강변

낭창거리는 몸놀림이 초행인가?

아무튼, 화냥년

가서 돌아오지 말아라

그 뒤를 밟아 내가 간다

—「버드나무 길」 전문

햇살이 퍼지는 버드나무 길이 양수가 터져 새끼를 낳는 어미 소의 자궁 이미지로 그려진다. 새로운 생명을 낳는다는 점에서 이 풍경은 에로스의 아름다운 출산이지만 낳은 새끼가 죽은 새끼라는 점에서 그것은 비극의 탄생이다. 이처럼 시인은 풍경의 겉과 속, 에로스의 빛과 그늘을 동시에 보면서 삶의 양면성을 사유한다. 새끼를 사산死産하는 어미 소의 눈동자를 닮은 하늘을 배경으로 버드나무는 생의 커다란 비애를 간직한 화냥년이 되어 길을 간다. 주목되는 것은 이 버드나무 뒤를 시인이 따라간다고 말하는 부분이다. 자신 또한 버드나무처럼 생의 비극적 무늬들을 안으로 품은 채 살아갈 수밖에 없는 자본의 희생물임을 깨닫는 성찰적 진술일 것이다. 이처럼 그의 시는 빛의 세계 이면에 은폐된 어둠의 세계, 사랑의 희열 이면에 숨은 생의 비극성을 반성적으로 통찰한다. 세계의 비극성에 대한 인식은 때로 유머러스한 감각으로 발현되기도 한다.

나 지금 고추 말리러 간다

태양의 하초에 마음껏 몸 들이대는 매춘의 들판을 지나

한 방울 마지막 정액을 털 듯 떨어지는 흰 고추꽃의 슬픈 절정을 지나

한 세월 다리 벌리고 있는 골골의 밭이랑 속 벌겋게 일어선 몸

사타구니 사이로 손 쑥 넣어 고추 뚝뚝 따내는 오후의 한때를 지나

(…)

나 지금, 태양아래 몸 말리지 못하면 제값 받지 못하는

세면발이 가득한 자본의 사타구니 덜컹거리는 고추 말리러 간다

—「태양초」 부분

사랑하는 남녀의 성적 교접이 태양과 들판의 정사로 이접되어 있다. 자연은 육체와 육체의 교접 공간이자 성적 에로스의 꿈이 실현되는 순수 절대지다. 그러나 이 에로스 공간에 자본의 그림자가 드리워질 때 순수성은 훼손되고 오염된다. 엄재국의 시에서 인간과 자연은 상생相生의 에로티시즘 세계를 염원하지만, 인간의 물적 자본에 의해 자연은 지속적으로 타락되어가는 비극의 관계다. 이처럼 시인은 자연에 대한 친화적 사랑의 상상력을 펼치면서도 그 반대편에서 자연을 붕괴시키는 문명의 야만성과 황폐함을 예의주시한다. 자본주의 세계를 세면발이 가득한 사타구니를 가진 병든 육체로 인식하고, 그런 세계 속에 놓인 자신을 힐책하면서 자본의 타락과 폭압을 시니컬하게 풍자한다. 이런 비판적 인식은 「꽃밭에서」는 자연현상과 사회현상의 이접으로 나타난다. 자연의 활짝 핀 꽃들이 모두 벌과 나비를 호객하는 야한 매춘부로 그려진다.

찔레 나리 호박꽃이 홍등을 달았다
독한 향수 립스틱 진한
장미는 가시를 음부 속에 숨겼다

자!
들어오라 나비여, 벌이여
빛나는 생의 한철을
호객행위에 바치는,
—「꽃밭에서」 부분

찔레, 나리, 호박꽃, 장미 등은 모두 홍등紅燈을 내걸고 짙은 립스틱을 바른 밤거리의 매춘부들로 묘사된다. 자연의 생명체들이 지닌 본원적 생명에너지가 자본과 결탁된 어둠의 에너지로 전락하고 있다. 자연의 세계 또한 순수성을 잃고 타락한 자본의 세계인 것이다. 타락한 자연이 부각될수록 그런 자연과 함께 살아가야 하는 인간의 운명과 인간 존재의 비극성은 더욱 부각된다. 그만큼 현대사회에서 인간은 누구나 자본에 길들여진 매춘부와 다를 바 없는 것이다. 시인은 이런 자연의 타락과 고통스런 삶을 낳은 주체로 아버지를 꼽는다. 그에게 아버지는 자본주의 문명사회의 또 다른 이름이자 폐허와 허위를 낳는 상징적 거울이다.

사각의 병원 사각의 침대에서 각진 숨을 몰아쉬던 아버지

다리 굽은 아버지

관 속에 들어가시려 하질 않았다
이젠 들어가셔야지요
내가 억지로 다릴 펴고 관 속에 밀어넣은 아버지

사각의 구덩일 파놓고
아버지
카드 한 번 써보시죠. 오냐 그래
온몸으로 긁는 카드
내 몸속에 스윽 밀어넣는 아버지

캄캄하게 눈 감듯 흙 덮이고,
잔고 없……, 거래정……, 마그네틱 선 따라 비 내리는 아버지

아이고 아이고,
삐… 삐… 삐…,
—「카드 아버지」 부분

시인에게 아버지는 육친肉親으로서의 아버지로만 제한되지 않고 인간의 정신과 삶을 강력하게 지배하는 자본으로서의 아버지이기도 하다. 자연을 멸절시키는 고장난 문명의 세계, 신용이 거부된 물질자본의 세계, 절대이성의 세계다. 사각의 말과 질서, 사각의 법과 권력을 낳는 폭압적 주체다. 시적 자아가 자연과의 합일을 욕망할 때 아버지는 이를 훼방하고 차단하고 틈과 균열을 점점 벌이는 역할을 한다. 그런데 아버지의 틈입이 계속될수

록 시인은 더욱더 자연과의 친화를 갈구하고, 사물들을 이질적으로 결합하여 아버지가 부여한 고유한 이름과 의미를 지우려 한다. 아버지가 세운 허구적 질서와 위악적 이성으로부터 벗어나려 한다. 그의 시에서 서정적 사물이 살부殺父의 운명을 드러내며 그로테스크한 사물로 대체되는 것은 이런 배경 때문이다. 인간의 세계처럼 자연의 사물들에게도 이승은 승자도 패자도 없는 끝나지 않는 살생의 전쟁터인 것이다. 이런 극단적 인식은「가을에」에서 좀 더 그로테스크하게 펼쳐진다. 대지에서 수확되는 꽃들이 누군가의 몸에서 적출되는 장기로 표현된다.

쪼그려 앉은 하늘 꽃밭

양지 바른 수술실 적출해내는 장기

염통 간 콩팥 향기 핏기 도는 땅거죽

그림자 스며들어 몸 퍼지는 정신

어디에 이식했나 사라진 칸나 장미

한 번 더 번득이는 햇살의 나이프

누구에게 이식할까 코스모스 백일홍

가을비 천둥소리 때 늦은 수술실

응고된 피 꺾여 진 맨드라미 목덜미

—「가을에」 부분

칸나, 장미, 코스모스, 백일홍 같은 서정의 대상들이 그로테스크한 죽음 이미지로 변주되어 있다. 꽃들이 수확되는 대지와 장기적출이 벌어지는 수술실이 중첩되면서 충격적인 공간이 태어난다. 이는 자연의 세계와 인공의 세계를 이접시켜 그것이 근원적으로 죽음을 내장한 하나의 육체임을 환기시키려는 의도일 것이다. 사물과 인간의 경계를 지움으로써 인간중심의 근대적 패러다임을 비판하고 인간이 짠 획일화된 제도가 낳는 죽음의 살풍경들을 시각화하려는 의도일 것이다. 따라서 그의 서정의 욕망은 자연과 인간의 낭만적 합일 욕망을 넘어서서 현대의 삶의 바닥에 깔린 숙명적 죽음들, 죽음을 낳는 공포의 시간들, 사랑의 비애를 앓는 사람들, 그들 사이의 무수한 틈과 균열을 메우려는 간절함에서 발아하는 욕망이다. 이 결핍된 사랑의 욕망이 자연 세계와 인간 세계의 공동침실을 꿈꾸게 하고 시간의 역류를 낳는다. 시인의 마음속에 자리한 시원적 우주, 시간 속으로 사라진 고향, 첫사랑을 앓던 시절로의 아픈 회귀를 꿈꾸게 한다.

시간의 원운동과 점點 존재

쇠들이 꽃을 활짝 피웠다

억만년 땅속의 구근, 뿌리로 살던
다알리아 튜울립, 모란 작약 앵화 안개꽃
복사꽃 살구꽃, 조팝 이팝 싸리꽃
쑥부쟁이 구절초가 시동을 걸었다
능소화 비행기 수련 배 뒤로 하고
목련꽃차 타고 하늘로 난 봄 따라
길 떠나는 가족들
앉은뱅이 민들레타고 뒤따르는 사람들
—「만개한 자동차」 부분

합리적 이성의 세계에서는 상반되는 꽃과 쇠가 동일화되면서 모든 식물들이 지상에서 하늘로 여행을 떠나는 자동차가 되고 있다. 이런 양극의 대립적 사물이 하나의 몸으로 일체화되는 시간이 봄이다. 봄은 땅 속의 죽은 자들, 죽은 가족들이 아름다운 꽃이 되어 지상으로 환생하는 시간대이자 천상으로 여행을 떠나는 아름다운 계절이다. 그의 시에서 자연의 사물들은 지하에서 지상으로, 지상에서 하늘로 끊임없이 이동한다. 죽은 사람들과 죽은 동식물들이 공간을 이동하여 또 다른 생을 시작하는 불교적 순환론의 세계를 펼친다. 시인은 왜 죽은 것들을 땅 속에서 생명의 세계로 호환하려는 걸까. 외관상 생명에 대한 시인의 강한 애착 때문인 것으로 보인다. 하지만 그의 시 전반을 섬세하게 짚어보면 생명에 대한 애착이 시인의 내면심리의 반어적 표출임을 알 수 있다. 즉 죽은 자들이 시인의 육체와 영혼에 뿌리 깊게 남긴 지울 수 없는 상처와 후유증이 역으로 생명에 대한 애착으로 표현되는 것이다. 죽은 자를 환생시켜 다시 생이 지속되길 염원하는 시인의 뼈아픈 마음이 생명의 봄을 낳고 있는 것이다. 그만큼 시인은 지워지지 않는 고통 속에서 자신의 삶, 자연의 주검들 하나하나와 내밀하게 교감하고 있는 것이다. 그의 시에서 죽은 것이 산 것으로 환생하고, 움직일 수 없는 것이 움직이고, 사각의 돌이 둥근 책으로 변환되는 것은 시인의 이런 재생 욕망 때문이다.

천년을 꿈쩍 않던 바위, 그 눌변의 혓바닥에 침 고인다

누가 나비를 구겨 찔레 덤불 위에 던지는가
대숲을 빠져 나온 바람이 복숭아밭 언덕에서 피를 토하게 하는가

전선도 없이 철로도 없이
손가락 몇 뭉텅 떨어지는 나병의 세월을 속절없이 몰고 오는,
나는 저 햇살이 불쾌하다

저기 밝음 속에 막무가내 몸 쑤셔 박는 싹들, 혼절하는 꽃잎들,
땅 속에서 지상을 열어보는 무수한 열쇠들,

나는 지금 봄의 산비탈에 어머니를 밀어 넣어 땅 속을 열어보고 있다

죽은 나무는 봄비를 비석처럼 새우고

우 우 우, 서로의 葬地로 몰려가는, 아! 모든 살아나는 것들

—「여러 번째 오는 봄」 전문

봄의 새싹은 죽은 자들이 땅 속에서 환생하여 지상을 엿보는 눈동자고 지상의 비밀을 엿보는 열쇠들이다. 이는 지상에서 새롭게 시작되는 만물의 약동이 죽음의 대가로 이루어진다는 의미다. 삶이 죽음을 낳고 다시 죽음은 삶을 낳는다는 순환적 인식으로, 시인은 봄의 새싹들을 보면서 생명의 기운을 느끼면서도 죽은 자들이 묻힌 땅을 응시한다. 특히 어머니의 죽음을 떠올리는데, 그에게 봄의 새싹 축제는 어머니의 죽음을 대가로 거행되는 장엄하고 숭고한 생명의 제례다. 봄은 어머니의 죽음이 선행된 후 시작되는 생명의 축제시즌인 것이다. 따라서 이 세계의 아름다움과 생명의 비의를 품고 태어나는 새싹들은 모두 그것을 낳은 모태의 육肉과 혼魂의 죽음을 대가로 지상에 현현하는 슬픈 존재들이다. 이는 시인이 이 세계의 본성을 생사의 순환성과 시간의 반복성으로 파악하면서, 삶과 죽음을 하나의 육체로 인식한다는 암시다.

나는 아버지와 어머니 사이를 건너뛰다 추락한 지점이다

높이와 깊이는 있는데 면적이 없는 내가 있다

사람과 사람사이를 데리고 온 길은 여기서 자취를 감춘다

(…)

세상 모든 풍경은 이곳으로 추락했다

내 몸은 내 인식의 소실점이다 풍경의 한쪽 피부에 돋는 소름이다

—「절벽」 부분

시인은 자신의 존재를 높이와 깊이는 없고 면적이 없는 존재로 파악한다. 이는 시인이 스스로를 생의 좌표 상에서 크기만 있고 위치만 있는 수학적 점 존재로 인식함을 뜻한다. 자아의 위상을 '없는 존재'로 표상시켜 현실의 육체를 고통의 입체 덩어리, 헛것으로 인식한다는 의미다. 육체를 감각과 인식이 소멸되는 최후의 점이자 죽음의 시작을 알리는 최초의 점으로 파악하고 있는데, 삶의 허무를 죽음의 시작으로 소멸시키려는 무의식이 반영된 결과일 것이다. 문제는 이런 자아인식이 자신의 육체를 넘어 사물들에게도 적용된다는 점이다. 사물들을 구성하는 기본요소로 점을 설정하는데, 사물들이 점들의 집합체 즉 점-선-면-입체의 순차적 질서의 구조물임을 말하기 위함이 아니라 모든 사물들의 근원을 소멸로 환기시키기 위함이다. 다시 말해 모든 사물들을 점으로 환원시켜 사물의 실존을 직시하라는 의도일 것이다. 따라서 점은 사물의 출발 지점이면서 최후의 도착 지점이 된다. 즉 사물의 운명을 대리하는 좌표로 존재의 처음이자 끝인 것이다. 그런데 이 처음과 끝이 직선의 단절구조가 아닌 원圓의 연결구조로 나타난다. 시인이 삶과 죽음을 하나의 몸으로 보고 시간의 흐름을 원의 순환적 궤적으로 수용하기 때문이다. 그는 전생과 현생과 내생의 흐름을 원의 둥근 궤적으로 보고 있는 것이다. 그러기에 '없는 존재'로 표상된 점은 원의 한 절단 부분에 표시되는 자아의 실존적 현재 좌표이면서 삶과 죽음의 이접이 벌어지는 진앙震央 포인트가 된다.

초가 한 채 무너졌다

벽도 기둥도 지붕도

땅위에 조용히 무릎을 접었다

먼 길 다녀와 부모님께 절하는 자식처럼

오랫동안 엎드려 있다

썩은 짚에 바람이 들먹거려

우는 것도 같고

거을린 부엌 흙냄새에

매쾌한 마음을 추스르는 듯도 했다

창문 하나 없이 나무문에 문풍지

문고리에 피어나던

사철 마른 봉숭아 코스모스 같이 지고 있었다

홀연히 일어섰던

제자리의 흙과 제자리의 나무, 제자리의 짚

거두고 챙길, 어디 골라낼게 하나 없다

일 없이 온 손님처럼

그냥, 삭는 중이다

잘, 다녀가는 중이다

—「조용한 손님」 전문

시인에게 낡은 초가 한 채는 조용히 생을 다녀가는 묵언默言의 손님과 같다. 그러기에 벽도 기둥도 지붕도 서서히 낡아가 무릎을 접는 초가의 모습은 만물에 내재된 죽음의 선경이자 후경이다. 삶의 비의의 실재이자 허상이다. 시인을 포함한 모든 인간은 이 초가의 이미지와 크게 다를 바 없는 점點 존재인 것이다. 이처럼 시인은 소멸로 이행 중인 실존적 자아인식을 통해 삶이 발산하는 빛과 어둠, 에로스의 온기와 냉기, 죽음의 비애와 순환을 감각하고, 자연과 인간의 교합交合을 통해 거대한 원圓의 서정 세계를 그린다. 따라서 엄재국의 시에서 하나의 사물의 죽음은 또 다른 생명의 시작이며 하나의 사물의 탄생은 또다시 시작될 죽음의 예고다. 만물은 서로가 서로에게 어미이고 자식인 것이다. 어미-자식의 관계이자 동시에 자식-어미의 역전관계인 것이다. 그에게 세계는 영원히 원운동 중인, 사랑의 암투가 벌어지는 생사의 에로티시즘 세계다. 그러기에 자궁에서 무덤으로 이어지는 시인의 뼈아픈 삶의 여정은 계곡에서 시작하여 하구에 닿아 마침내 바다로 흘러드는 유목의 강과 같다. 더 크고 깊은 삶과 사랑을 시작하기 위해 돌아오지 않는 강!

은빛 물결 번쩍이는 강
느리게 느리게 흘러
유유히 제 몸 바다에 들이는 건

상류 계곡 어디쯤
첫사랑 같은 폭포 하나
숨겨 두었기 때문!

—「하구」 전문

엄재국 시집

나비의 방

초판 1쇄 2016년 7월 15일
초판 2쇄 2019년 5월 27일
지 은 이 엄재국
펴 낸 이 반송림
편집디자인 김지호
펴 낸 곳 도서출판 지혜
계간시전문지 애지
기획위원 반경환 이형권 황정산
주 소 34624 대전광역시 동구 선화로 203-1 2층 도서출판 지혜 (삼성동)
전 화 042-625-1140
팩 스 042-627-1140
전자우편 ejisarang@hanmail.net
애지카페 cafe.daum.net/ejiliterature

ISBN : 979-11-5728-194-7 03810
값 10,000원

엄재국

엄재국 시인은 경북 문경에서 태어났고, 2001년『현대시학』으로 등단했으며, 시집으로는『정비공장 장미꽃』이 있다.『정비공장 장미꽃』이 2006년 한국문화예술위원회 우수문학도서로 선정되었고, 현재 시와 조각과 사진을 결합시킨 'Art Poem'을『애지』에 연재 중에 있다.

엄재국 시인의『나비의 방』은 대상과 주체 사이를 연속성의 관계로 파악하여 수직의 세계를 수평의 세계로 환원시킨다. 그는 인식의 충격과 전환을 낳는 이접移接의 시학, 난독亂讀의 자연에 대한 에로티시즘의 시학, 죽음의 그늘이 드리워진 자본주의 세계에 대한 비판적 성찰의 시학을 추구한다. 자연의 사물들이 육체 속에 품고 있는 고뇌와 실존, 에로스의 생명에너지를 주목하여 그들과 일체一體가 되려는 통합 욕망을 드러낸다. 그런 점에서 그는 전통적인 서정 시인이다. 그러나 그에게 자연의 세계는 근원적으로 의미를 확정할 수 없는 물성物性과 본성本性을 지닌 가혹한 육체, 아름다움과 고통을 동시에 지닌 규정 불가능한 육체다. 사물들은 하나의 이름, 하나의 의미, 하나의 구조로 확정될 수 없는 유동적 존재물이고 관능적 생명체다. 자연의 사물들에 대한 시인의 이러한 중층적 인식과 낯선 상상력이 사물들을 자유롭게 결합시켜 획일화된 서정의 세계를 흔든다.

이메일 : udh414@hanmail.net